DISCARD

JOHN RANCH
644 AVE.
CHIC S 60657

Título original en gallego: **Pedra, pau e palla**

© del texto	Ana Presunto 2006
© de las ilustraciones	Josep Rodés 2006
© de la traducción	Ana Presunto 2006
© de esta edición	OQO Editora 2006

Alemaña 72	36162 PONTEVEDRA
Tfno. 986 109 270	Fax 986 109 356
OQO@OQO.es	www.OQO.es

| Diseño | Oqomania |

Primera edición	marzo 2006
ISBN	84.96573.36.2
DL	PO.095.06

Reservados todos los derechos

Ana Presunto,
a partir de un cuento tradicional ruso

Ilustraciones de
Josep Rodés

PiEDRA PALo y PAjA

JUV/E Sp FIC PRESUNT
Presunto, Ana.
Piedra, palo y paja

OQO EDITORA

R03223 18684

M. MERLO BRANCH
-48 BELMONT AVE
AGO, ILLINOIS 60657

Había una vez un leñador
que tenía tres hijas.

Un día les dijo:

– Voy a buscar leña al bosque.
   Para que sepáis dónde estoy,
   iré echando piedrecitas por el camino.

A mediodía,
la hija pequeña
fue a llevarle la comida a su padre,
siguiendo el camino que él le había marcado.

Un oso fue detrás,
cogiendo las piedras.

Después, imitando al leñador,
las tiró de una en una,
camino de su casa.

La niña volvió del bosque
por la senda de las piedrecitas
y llegó, engañada, a la cueva del oso:

– ¡Pum! ¡Pum!
– *¿Quién va?* -preguntó el oso.
– **Soy la hija pequeña del leñador,
que no sé volver a casa.**
– *¡Pasa, pasa...!*

Y el oso la metió en la cueva.

Al día siguiente, el padre dijo:

**– Voy a buscar piñas
para encender el fuego.
Iré tirando palos desde el caballo,
y así podréis encontrarme.**

Las dos hermanas
estaban preocupadas por la pequeña,
pero no dijeron nada.

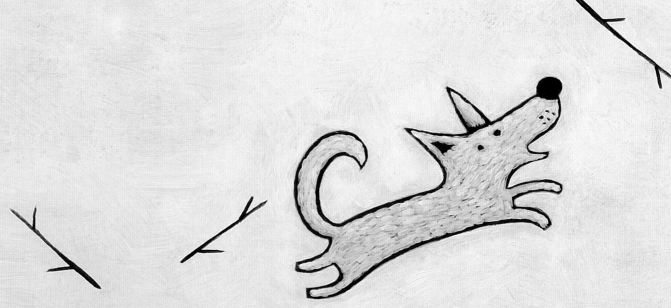

A mediodía,
la hija mediana fue a llevar la comida,
siguiendo el rastro del leñador.

El oso la siguió,
cogiendo los palitos.

Después fue tirándolos,
camino de su casa.

La hermana mediana
volvió por la senda de los palos
y llegó a la cueva del oso:

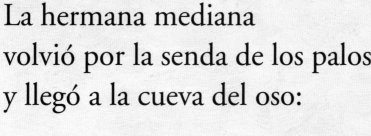

– **¡Pum! ¡Pum!**
– *¿Quién va?* -preguntó el oso.
– **Soy la hija mediana del leñador,
  que no sé volver a casa.**
– *¡Pasa, pasa...!*

Y el oso la metió en la cueva.

La hija mayor estaba intranquila
porque las hermanas no volvían,
pero le dijo a su padre
que estaban durmiendo.

Al tercer día,
el leñador cogió un cesto y dijo:

**– Hoy traeré setas,
y haremos una cena sabrosa.
Iré dejando pajas como señal,
y sabréis por donde ando.**

A mediodía, la hija mayor
fue a llevarle de comer al padre,
por el camino de las pajas.

El oso fue detrás,
cogió toda la paja
y marcó la senda de su casa.

Cuando la hermana mayor volvió,
llegó a la cueva del oso:

– **¡Pum! ¡Pum!**

– ***¿Quién va?*** -preguntó el oso.

– **Soy la hija mayor del leñador,
que no sé volver a casa.**

– ***¡Pasa, pasa...!***

Y el oso la metió en la cueva.

Cuando las tres hermanas
estuvieron reunidas,
hicieron un plan
para librarse del oso.

La pequeña se metió en un saco
y la mayor le dijo al oso:

– He hecho pasteles para mi padre.
– *¡Los llevaré muy gustoso!*
-dijo el oso.

Entonces cargó el saco y se echó a andar.

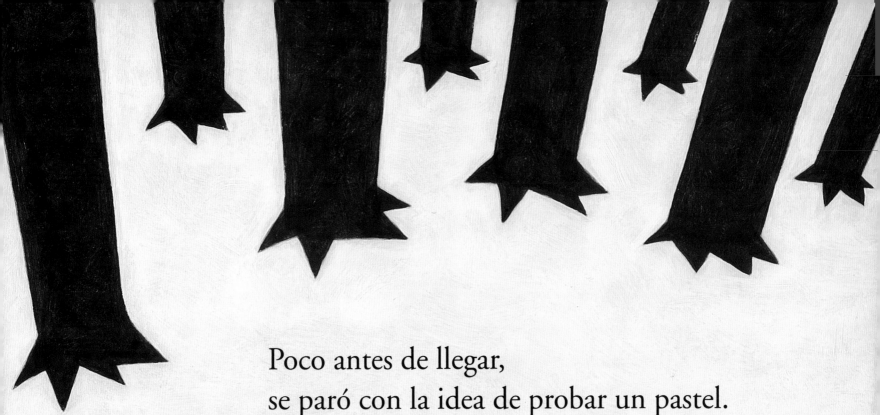

Poco antes de llegar,
se paró con la idea de probar un pastel.

La pequeña se dio cuenta y dijo:

**– ¡Oso, no pares de andar,
que no es tuyo este manjar!**

El oso se asustó,
dejó el saco
y volvió corriendo a su cueva.

Al otro día,
la hermana mediana se metió en un saco
y la mayor volvió a decirle al oso:

– He cocido pan para mi padre.
– *¡Lo llevaré muy gustoso!*
  -dijo el oso.

Y echó a andar con el saco a cuestas.

Esta vez anduvo un poco más,
por si alguien lo estaba espiando.

Después se paró,
con la intención de probar el pan.

La mediana se dio cuenta y dijo:

**– ¡Oso, no pares de andar,
que no es tuyo este manjar!**

El oso se asustó y escapó a todo trapo.

Al tercer día,
la hermana mayor le dijo al oso:

– He preparado un bizcocho para mi padre.
– *¡Lo llevaré muy gustoso!*
   -dijo el oso.

La niña, a escondidas,
se metió en el saco,
esperando que el oso la llevara,
como había hecho con sus hermanas.

Esta vez, para asegurarse
de que nadie lo vigilaba desde los árboles,
el oso no se detuvo hasta cruzar el bosque.

– *¡Ahora me voy a comer el bizcocho!*
-refunfuñó.

Pero la niña lo escuchó y dijo:

**– ¡Oso, no pares de andar,
que no es tuyo este manjar!**

Y como ya estaba cerca
de la casa del leñador,
el perro lo olió,
empezó a ladrar
y salieron todos fuera.

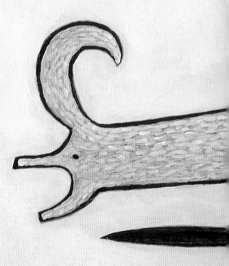

El oso se llevó tal susto
que tiró el saco,
huyó corriendo
y nunca más volvió.